Vamos pular amarelinha? Faça o caminho até chegar ao CÉU.
Deus planejou para nós um belo caminho até o céu: JESUS.

Pular corda é muito bom e exige atenção para não tropeçar.
Estar atento a Deus impede que façamos algo errado.

A pipa tem muitas partes e só funcionará bem se todas estiverem em boas condições.
A igreja é um corpo com muitos membros e na igreja todos são importantes.

É necessário pensar bastante para brincar com o Jogo da Velha.
Da mesma maneira, é bom pensar e conversar com Deus antes de tomar uma decisão.

Brincar de telefone de lata é tão divertido! Entender a mensagem do outro lado da linha é melhor ainda. Sabia que Deus está sempre pronto a nos atender?

Que coisa boa é ganhar as bolinhas dos adversários e aumentar a coleção!
Jesus quer usar nossas vidas como bolinhas certeiras que vão conquistar outras vidas para Ele.

Para ficar craque em Cinco Marias é preciso praticar por um bom tempo.
Para ter uma vida feliz com Deus é preciso praticar o que a Bíblia diz e orar sempre.

Quem se esconde bem tem grandes chances de vencer no esconde-esconde, mas é impossível se esconder de Deus: Ele tudo sabe e tudo vê.
Ficar juntinho dele é a melhor escolha!